AF233843

A M. VICTOR HUGO.

LE SIÈCLE,

ODE

PAR PIERRE DUPONT.

PROVINS.

THÉODORE LEBEAU, ÉDITEUR.

MDCCCXLIII.

LE SIÈCLE.

I.

Un nuage pesait sur le ciel de la France,

On n'y découvrait plus un astre d'espérance;

Un reflet rougissant

De cette horrible nuit éclairait le mystère;

On voyait jusqu'aux cieux s'élever de la terre

Une vapeur de sang.

1843

Le temps précipitait dans ses obscurs abîmes,

Sans pouvoir dans cette ombre ensevelir ses crimes,

Un siècle de terreur

Qui de la France entière avait fait une tombe,

Et du sang de ses fils une immense hécatombe

Pour détruire une erreur.

C'était un nouveau siècle, et la foule effrayée

Se disait : Suivra-t-il dans sa route frayée

Son devancier cruel ?

Le temps était passé des mornes funérailles.

Il se fit un grand bruit : la foudre des batailles

Rasséréna le ciel.

Et la gloire parut, qui, suspendant ses palmes

Sur les fronts des guerriers, les rendait forts et calmes

A l'instant du trépas,

Et leur faisait trouver que, malgré ses tortures,

A cause des rayons qui naissent des blessures,

La mort a des appas.

Elle avait appelé des rives de la Corse,

En France, un de ces nains qui sont sûrs de leur force,

Qui règnent du regard,

Et compriment en eux l'ambition qui gronde,

Tant qu'ils ne tiennent pas sous leur sceptre le monde,

Et ne sont point César.

Devenu de soldat souverain, ce grand homme

Sut retrouver pour nous le vieux sceptre de Rome,

Sage, il refit la loi;

Succombant et trahi dans sa dernière lutte,

Il eut tous les honneurs qu'on devait à sa chute

Et fut chanté par toi !

II.

Alors la religion sainte

Rouvrait ses bercails désolés

Et rappelait dans leur enceinte,

Pasteurs et troupeaux mutilés.

Pareil à l'Amphion antique,

Un homme à la voix prophétique

De l'édifice catholique

Releva les murs; il chanta :

Sa voix, secondant son génie,

Avait la douceur infinie

Qu'on trouve au rythme d'Ionie,

Et s'inspirait du Golgotha.

Puis, le Tertullien moderne,

Qui n'avait pas alors quitté

Les saints abords de la citerne

Où l'on puise la vérité,

Apparut semblable au prophète,

Qui, des monts désertant le faîte,

Vient à l'ivresse d'une fête

Mêler un noir pressentiment.

Lorsque sa voix se fit entendre,

On vit plus d'un tombeau se fendre,

Et s'éveiller des os en cendre,

Avant le jour du jugement.

Pour chanter les choses nouvelles

Sur un mode renouvelé,

La poésie ouvrant ses ailes

Descend du séjour étoilé ;

Elle effleure en passant deux têtes,

Il se réveille deux poètes

Qui rendent les foules muettes

Et dont les chants sont écoutés :

L'un, c'est le poëte des âmes,

Qui, sur un océan de flammes,

S'élance au hasard et sans rames

Vers les immortelles clartés ;

L'autre, c'est toi, le grand artiste,

Le poëte contemporain,

Dont la forme a ce qui résiste

Aux coups du temps mieux que l'airain.

Maintenant, Paris et ses dômes,

Incendiés comme des chaumes,

Ainsi que les vieilles Sodomes,

S'effaceraient de l'univers ;

Ses monuments, sa cathédrale,

Sa grande colonne en spirale,

Son arc, sa gloire impériale

Resteraient debout dans tes vers !

III.

Un cri s'est élevé des îles de la Grèce ;

Tout l'Occident s'est ébranlé ;

On frète les vaisseaux, on s'embarque, on s'empresse,

Pour affranchir la jeune Hellé.

On voit sur l'Archipel les frégates heurtées ;

La croix menace le croissant ;

On entend résonner les hymnes des Tyrtées,

Et les flots se teignent de sang.

Qu'alliez-vous demander à ces rives lointaines

Poussés par le souffle de Dieu,

Aux vestiges de Sparte, aux ruines d'Athènes,

Adolescents au cœur de feu ?

A qui dévouaient-ils, poètes, leur génie,

Jeunes hommes, leur puberté ?

Protectice des Grecs, vierge de Messénie,

Ils t'imploraient, ô Liberté !

Sur un brillant navire à poupe couronnée,

Quand de ce rivage embaumé

Tu fus par nos vainqueurs en pompe ramenée ;

D'un sublime espoir animé,

Le peuple s'écriait : Voici la délivrance,

Vierge, ressuscite nos droits !

On voulut t'enchaîner. L'exil du roi de France

Prouva la faiblesse des rois.

Paris en te voyant voulut te nommer reine,

Et tout son peuple s'ameuta.

L'état, ce vieux navire à la forte carène

Sans guide et sans poupe flotta,

La foudre et l'aquilon se croisant dans ses voiles ;

L'horizon fut trois jours obscur ;

Mais, ton règne établi, les grouppes des étoiles,

Etincelèrent sur l'azur.

Pourtant les passions dans les cœurs soulevées

Furent lentes à se calmer,

Et les forces du peuple, en secret énervées,

Semblaient toujours se ranimer.

L'éther couvait toujours quelque sombre tempête.

Lorsqu'on pensait la terrasser,

Il renaissait à l'hydre une nouvelle tête

Du sang qu'on venait de verser.

IV.

Quand l'émeute, pareille aux rivières accrues,

Au signal des canons, du toscin, des tambours,

Débordant sur les quais, les places et les rues,

Pour inonder Paris vidait tous ses faubourgs ;

Ou lorsque s'asseyait aux tables opulentes
Ce spectre glacial qui donnait le frisson
Et qui, touchant aux mets avec ses mains sanglantes
Pour tant de conviés les changeait en poison ;

Quand cet hôte effrayant se glissant dans nos fêtes
Ravissait à l'hymen nos jeunes fiancés,
On voulait s'étourdir, et les vers des poètes
Tout fiévreux qu'ils étaient semblaient encor glacés.

Alors l'iambe ardent, le drame sanguinaire
Captivèrent la foule et furent applaudis ;
Il fallait éveiller par des coups de tonnerre
Les jeunes cœurs blasés et les sens engourdis.

Alors on eût aimé voir s'agrandir la scène ;
On aurait pris plaisir aux combats immoraux

D'hommes s'entretuant dans une vaste arène,
Ou suspendant leur vie aux cornes des taureaux.

À ces transports brûlants excités par la fièvre
Succéda l'apathie; et, le dégoût amer
Empoisonnant les cœurs, on refusa sa lèvre
Au flot clair du rocher comme à l'eau de la mer.

Il ne resta de l'art qu'une vaine apparence;
Du beau comme du bien il fallut se railler;
Notre âge s'assoupit dans son indifférence;
L'or fut le seul appas qui pût le réveiller.

Ne disons pas : Le siècle honore l'industrie.
En des travaux obscurs dont souffre l'indigent,
La vieillesse est usée et l'enfance est flétrie
Est-ce pour honorer l'industrie ou l'argent?

L'argent ! c'est le seul dieu qui tient lieu de tout autre ;

Ce qui n'en produit pas n'est censé bon à rien,

Et nous exilerions un artiste, un apôtre,

Comme Athènes jadis chassait l'homme de bien.

Aussi les vrais penseurs cherchent la solitude

Pour pouvoir échapper aux vulgaires mépris,

Et, dans le vaste champ de l'art et de l'étude,

Contre les maux du temps se font de doux abris.

L'un, amant des sommets, des plaines découvertes

Et du balancement de l'onde et des forêts,

Interrogeant les flots et les campagnes vertes,

Voudrait du Créateur pénétrer les secrets.

L'autre, gardant un culte aux choses abattues,

Des vieux temples païens relève les débris,

Et, tout en ayant l'air d'adorer des statues,
Par le beau, vers le bien ramène les esprits

Un autre que l'aspect de nos travers irrite
Se tait, et quand on veut le forcer à parler,
Héraclite parfois, plus souvent Démocrite,
Laisse en un vers mordant sa bile s'exhaler.

V.

Pourtant regardons l'aurore;
Un jour nouveau semble éclore,
Ne le verrons-nous jamais ?
Quand donc, aurore trompeuse,
Laissant ta couche pompeuse,
Ce jour que tu nous promets,
Pour éclairer nos vallées

Par l'obscurité voilées,
Descendra-t-il des sommets ?

Quand la terre est dépouillée
De verdure et de feuillée,
Les chants d'oiseaux ont cessé
Et la brise se lamente
Dans les bois, comme une amante
Dont l'amant est trépassé ;
Ainsi pleurent les poètes,
Quand dans les cœurs et les têtes
L'égoïsme a tout glacé.

Doux printemps, souris au monde !
Que la glace des cœurs fonde !
Quand les vertus fleuriront ;
Oubliant leurs vieilles haines,
Par d'indestructibles chaînes

Quand les âmes s'uniront;
Cédant à leur beau délire
Et de fleurs ornant leur lyre,
Les poètes chanteront.

VI.

O penseur dont la voix tonnante, grave ou tendre,
Des plus indifférents se fait toujours entendre ;
Toi qui de tous les cœurs sais les divers chemins,
Ne laisse pas tomber la lyre de tes mains
Parce que Dieu t'éprouve; il faut que sur ton âme
La douleur ait l'effet de l'onde sur la flamme.
Rends cette foule inerte attentive à ta voix.
Regarde l'avenir, et dis ce que tu vois,
Chante comme chantait le grand-maître, Virgile,
Quand ce divinateur pressentait l'évangile !
Afin de réveiller le siècle qui s'endort
Ranime dans les cœurs l'espoir d'un âge d'or.

Les peuples engourdis et qu'on croit immobiles

Obéissent pourtant aux voix de leurs sibylles.

Prédis, et ton oracle un jour s'accomplira ;

Elève haut ton front, la foule te suivra.

Ce siècle indifférent n'est point mort ; il sommeille ;

Il attend un sauveur dont l'accent le réveille

Pour renaître à nos yeux et plus jeune et plus beau.

Lazare peut encor se lever du tombeau !

Novembre 1843.